AF356717

DIAMANTS

ET

BIJOUX

TROIS DIADÈMES

TABATIÈRES ET MINIATURES

CATALOGUE

DE BEAUX

DIAMANTS & BIJOUX

TROIS DIADÈMES

MAGNIFIQUE BRACELET

Bagues, Boucles d'oreilles, Broches, Croix, etc. montées de diamants, de rubis d'émeraudes et de saphirs;

JOLIES TABATIÈRES ET MINIATURES

du temps de Louis XVI;

Beau Nécessaire de dame en vermeil avec chiffres en diamants, rubis et émeraudes.

DONT LA VENTE AURA LIEU

HOTEL DROUOT, SALLE N° 8

Le Samedi 12 Mars 1881

A DEUX HEURES.

Par le ministère de **M° CHARLES PILLET**, Commissaire-Priseur,
10, rue de la Grange-Batelière,

Assisté de **M. CHARLES MANNHEIM**, Expert,
7, rue Saint-Georges.

Chez lesquels se trouve le présent catalogue.

EXPOSITIONS :
PARTICULIÈRE : le Jeudi 10 Mars 1881.
PUBLIQUE : le Vendredi 11 Mars 1881.

DE UNE HEURE A CINQ HEURES

CONDITIONS DE LA VENTE

Elle sera faite au comptant.

Les adjudicataires payeront *cinq pour cent* en sus des enchères.

L'exposition mettant le public à même de se rendre compte de l'état des objets, il ne sera admis aucune réclamation une fois l'adjudication prononcée.

Paris. — Typ. PILLET et DUMOULIN, 5, rue des Grands-Augustins.

DÉSIGNATION DES OBJETS

DIAMANTS ET BIJOUX

1 — Beau diadème composé de fleurs et de feuillages en brillants et roses, et enrichi de perles fines, forme poire et autres ; monture en or et en argent. Pièce importante.

2 — Autre beau diadème composé d'un rang de brillants sur lequel sont montées des tiges verticales ornées chacune d'un certain nombre de brillants, quelques-uns ayant la forme de pendeloque avec montures mobiles. Cette pièce, montée en or, est disposée pour orner tout le pourtour de la tête.

3 — Beau diadème de même style que celui qui précède et composé également de brillants et de pierres taille pendeloque. Monture en or.

4 — Très beau bracelet en diamants formé d'un large bandeau composé de motifs d'ornements en hauteur avec losange et brillant saillants au centre, et de barrettes d'entre-deux. Monture en or et en argent.

5 — Bague d'or montée d'un fort brillant; la monture
est enrichie de roses.

6 — Deux beaux pendants d'oreilles formés chacune de
brillants et de trois belles briolettes avec calottes en
roses. Monture en or.

7 — Garniture de corsage composée de trois broches com-
posées chacune de feuillages formant marguerite montées de diamants sertis en or. Au centre de chacune
d'elles une perle fausse.

8 — Deux boucles d'oreilles formées de boutons et de
pendeloques en brillants et montés en or.

9 — Deux perles poire fausses avec calottes et attaches
montées de diamants.

10 — Médaillon en forme de cœur retenu par un ruban,
le tout exécuté en brillants et monté en or.

11 — Demi-parure composée d'une broche avec pendeloque et de deux boutons d'oreilles montés de saphirs
et de diamants.

12 — Broche ovale en or émaillé à filet noir ornée d'un
saphir avec entourage de brillants et de quatre perles
fines.

13 — Deux boutons d'oreilles formés chacun d'une demi-
perle entourée d'un rang de brillants.

14 — Jolie petite croix formée d'un rubis et de cinq brillants.

15 — Joli bijou de forme ovale avec pendant et collier en or émaillé dans le style de la renaissance et enrichi de brillants, de saphirs et de perles fines.

16 — Demi-parure composée d'une broche et de deux boucles d'oreilles exécutées en émeraudes et diamants.

17 — Bague d'or enrichie d'un rubis et d'un brillant.

18 — Bague d'or ornée d'une émeraude et d'un brillant.

19 — Bague d'or avec chaton formé d'un cœur en rubis entouré de roses.

20 — Bague d'or avec turquoise entourée de diamants.

21 — Bague d'or ornée d'un saphir entouré de brillants.

22 — Bague d'or avec opale entourée de diamants.

23 — Trois bagues d'or montées l'une de cinq rubis, la seconde de cinq brillants et la troisième de cinq émeraudes.

24 — Bague d'or ornée d'un grain de corail rose entouré de brillants.

25 — Bracelet formé d'une chaîne-gourmette en or avec médaillon orné d'un saphir et de huit brillants.

26 — Bracelet d'or uni avec applique enrichie de diamants et de trois perles fines.

27 — Bracelet d'or émaillé à bandes noires reliées par des bandes verticales émaillées vert. Il est enrichi d'un double ruban monté de brillants.

28 — Porte-tasse ou Zarph en or émaillé à compartiments contournés verdâtres et entre-deux à fond rose décorés de trophées scientifiques et de fleurs. Le bord supérieur festonné, offre des fleurs en grisaille sur fond noir.

29 — Bracelet souple en or avec applique formée d'une rosace pavée de turquoises et de brillants.

30 — Deux boucles d'oreilles formées de plaques rondes superposées, montées de turquoises et de diamants.

31 — Broche ovale en or avec bouquet de fleurs au centre, exécutées en diamants et en turquoises et avec entourage formé d'un rang de turquoises.

32 — Broche ronde en or émaillé vert enrichie de huit brillants et d'une perle.

33 — Bijou en forme de rosace en or enrichie de demi-perles, d'émeraudes et de deux rubis.

34 — Deux boutons de manchettes en or gravé et repercé à jour, portant chacun la lettre *E* et le mot *Remember* exécutés en brillants et roses.

35 — Deux boutons de manchettes en lapis-lazuli avec chiffre rapporté en roses.

TABATIÈRES ET MINIATURES

36 — Jolie petite boîte ovale du temps de Louis **XVI** en
or émaillé, fond opale et imitation d'agate herborisée.
Elle est enrichie de cordons et de pilastres ciselés, re-
haussés de points d'émail rouge, bleu, vert et blanc. Le
dessus est orné d'une peinture sur émail représentant
l'amour enchaîné et une nymphe.

37 — Jolie boîte ovale en mosaïque de Neubert de Dresde
exécutée en agate et cornaline de diverses nuances. Le
dessus est orné d'un chiffre composé des lettres **A. F. L.**
exécuté en roses et se détachant sur un médaillon ovale
en verre bleu. Epoque Louis **XV.**

38 — Boîte ovale composée d'une marqueterie de malachite et de filets d'or, et montée à cordons d'or ciselé à
ornements en relief et doublée d'or. Epoque Louis **XVI.**

39 — Petite boîte rectangulaire montée à cage en or
gravé et garnie de panneaux guillochés, émaillés rouge.
Le dessus est orné d'une peinture sur émail représentant une nymphe et un amour endormi, et la boîte est
doublée en or.

40 — Boîte ronde en vernis de Martin aventuriné et à
mille raies, galonnée d'argent ciselé et doré. Le dessus
est orné d'une jolie miniature sur ivoire représentant
un portrait de jeune femme vue à mi-corps et vêtue
d'un costume rose rayé. Epoque Louis **XVI.**

41 — Boîte ronde en écaille montée à gorge à charnière
en or. Le dessus est orné d'une miniature ovale sur
ivoire, portrait de jeune femme vêtue de bleu et coiffée
d'un chapeau de paille garni de fleurs. Epoque
Louis XVI.

42 — Miniature ronde sur ivoire signée Cholain et représentant une jeune femme vue à mi-corps vêtue de blanc
avec ceinture bleue et écharpe formée d'une peau de
tigre. Epoque Louis XVI. Cadre en bronze doré.

43 — Miniature ovale sur ivoire signée Adrian (?). Portrait de Mlle Clairon, dans le rôle de la Désolation, le
sein droit découvert, et le cou garni d'une écharpe rayée.
Cadre en bronze.

44 — Miniature ovale sur ivoire signée Carvette 1792
Portrait de Jeanne de Naples. Cadre en bronze doré.

45 — Miniature ovale sur ivoire. Portrait de femme, vêtue
d'un corsage garni de fourrure. Cadre en bronze
doré.

46 — Miniature anglaise sur ivoire de forme ovale. Portrait de femme vêtue de blanc. Cadre en bronze
doré.

47 — Tabatière ovale du temps de Louis XVI, en or de
couleur finement ciselé à rosaces, feuillages et cou-
ronnes de lauriers.

48 — Tabatière ronde du temps de Louis XVI, en or
guilloché et à cordons ciselés en relief.

ORFÈVRERIE

49 — Beau nécessaire de toilette pour dame, formé d'un coffre en vermeil gravé avec chiffre composé des lettres E et S exécutées en diamants, rubis et émeraudes. Ce coffre renferme quantité de flacons en cristal taillé et diverses brosses garnies en vermeil et portant le même chiffre exécuté en diamants, rubis et émeraudes. Le miroir est encadré de vermeil gravé. Le coffre qui est doublé de velours bleu est placé dans une boîte ou étui de velours noir.

50 — Six couteaux et six fourchettes en vermeil avec manches en malachite.

51 — Six cuillers hollandaises en vermeil à manches surmontés de figurines et de groupes variés.

52 — Six salières en argent repoussé et doré à médaillons, sujets de chasse et supportées par des lions debout. Elles sont accompagnées de leurs petites cuillers.

www.ingramcontent.com/pod-product-compliance
Lightning Source LLC
LaVergne TN
LVHW010851180726
843502LV00010B/3827